KB020018

송재일
시집

한 모금 사랑

송재일
시집

도서
출판 북인

2019

한 모금 사랑으로

강 안개 스멀대는 초당에서
가슴 구석방에 묻어둔 외로움
문살에 걸린 단소 가락으로
한 조각씩 뜯어내어 시를 쓴다.

홍수가 지난 자리에서
구역질나는 삶의 부스러기
허리 꺾인 들꽃 일으키는 아픔으로
강물에 토해내 시를 쓴다.

황토 벽 기웃한 막걸리집에서
항아리에 띄운 언어의 파편들
대낮에 세상 꿈꾸는 분노의 소리로
분청사기 잔에 부어 시를 쓴다.

허나, 나의 시는 오늘도
뒤를 돌아보는 세월의 언저리에서
한 모금 사랑으로
뻐근한 통증을 고이고 있다.

차례

1부

겨울 이파리

겨울 이파리

매달렸다.

떠나는 사람에게
사랑한다고 고백하는 것이
얼마나 부질없는 일인가.

알면서도
겨울 끝에 매달려
온몸으로 절규하는
칼끝보다 더 아픈

이 그리움

겨울 강가에서

철새 한 마리
겨울 강가에서 서성이던 날
산 그림자 되어 찻집에 홀로 앉는다.

따뜻한 찻잔에 차가운 입술을 비빈다.
따뜻한 몸에 입술을 비비는 것은
너의 향기, 더듬어내고 싶어서가 아니다.

강물은 소용돌이를 감추면서 흐른다.
흘러가는 강물을 보며 촉촉이 젖은 눈은
옛 사랑의 아픔만은 아니다.

울음 돋는 저녁 그림자로
겨울 강가에 서성이는 것은
외로움을 견뎌야하기 때문이다.

창벽 진달래

가슴 저미어 우는 너는
안개 낀 창벽 아래로
언제 투신할지
모
르
는
운명

긴 겨울 견뎌온
사랑 부둥켜안고
바람에 온몸 맡기고 있다.

시퍼런 칼날 세운 강물에
목숨 내던질지라도
절벽에 매달렸던
한 모금 사랑
버·리·지·말·라.

도덕봉

찬비 갠 날,

명주치마 살짝 걷어내고
불쑥 튕겨 나온 도덕봉은
온통 사랑으로 타는
알몸

다신 못 올 길
떠난다는 것을 알면서도
속 깊은 가슴 구석에 묻어두고
불덩이로 다가오는 가파른
네 숨결

타오르자.
힘없이 뚝뚝 떨어지는
여윈 몰골 생각하지 말자.
꺼지지 말고
깊디깊은 겨울까지

옥녀봉 끌어안은 채,

가을을 반란하는 도덕봉은
이미 도덕봉이 아니었다.

*도덕봉 : 유성에서 동학사로 넘어가는 고갯길 봉우리.

겨울 장미

눈이 내렸다.
걱정이 눈처럼 쌓였다.
핸들을 움켜잡고
교정에 도착했다.

창백한 건물 뒤에 두고
환히 웃고 있었다.
밤새 내린 눈덩이 속에서
터질 듯 붉게 피어난
장미

아파도 지금이다.
떠난 뒤 남지 않는다.

언 가슴에서도
불태우고 싶은
사랑

가을 샛강

겨울로 가는 가을 샛강,
밤새 한쪽 가슴으로
숨 가쁘게 울던 풀벌레 소리
새벽안개 속으로 사그라진다.

샛강 건너 불빛이 하나 둘
여울지는 물결에 스러져 간다.
알 수도 없는 그리움 끌어안고
밤새껏 얼마나 소용돌이쳤던가.

그리움도 외로움도
떨어지는 낙엽 그러안고
샛강을 건너는 호남선 기적
먼 바다로 떠나보낸다.

빈 터

겨울 밤안개 시린 날
빈 바닷가로 떠난다.

가슴 구석,
오랜 세월 채워도
빈 터로 남는 것은 무슨 까닭일까.

긴 세월, 손에 잡히지도 않는
사랑의 그림자를 좇았다.

타버린 사랑을 뿌리고
돌아서는 몸부림처럼
사랑의 통증을 끌어안고
얼마나 뒤척였던가.

새벽안개
파도 골골에 피어오를 때,
밤새껏 일렁이던 파도가 다 삭아서
물거품으로 돌아오고 있었다.

가슴앓이 통증도
파도 자락에 띄워 보내면
추억 조각으로 돌아오리라.

이젠, 빈 터를 채우자.
떠나보낸 뒤 비로소 얻은
사랑으로

빈 잔

소리 없이
밤바다에 떨어지는 눈이
빈 잔을 채운다.

한 모금
혀끝에 짜릿하게 감기면
너의 체온, 온몸에 스민다.

파도 소리
아픈 넋두리 되어
빈 잔을 다시 채운다.

비우면,
갈매기 홀로 우는 소리
빈 잔을 또 채운다.

채워도 또 채워도
빈 잔뿐

상처

오늘 같은 날,
아물지 않은 상처 건드려
아픔이 다시 돋는다.

석남사 여승의 독경 소리
겨울 문풍지처럼 울었다.

사랑도
인연 따라오는
그림자라는 것을 잘 알면서

가지산加智山 자락 허리 꺾인
억새에 이는 바람,
가슴에 묻고
다시 돋은 상처 다독여
가슴 구석방에 편히 재운다.

궁녀사宮女祠 꽃무릇

그 사랑,
어디로 떠났는가요?

초록빛 당신 품
그리워했건만

그리워 그리워
삼천 여인의 넋으로
떨어진다 해도

부소산 궁녀사에서
기다리는 마음

붉디붉어
환히 웃고 있잖아요.

홍련紅蓮

떠나지 말아요.

당신의 흰 가슴자락
부서져 내린다 해도
떠나보내지 않을래요.

날 보세요.
천 년 사랑 기다려 기다려서
진흙 밭 무른 땅 움켜쥐고
붉은 울음으로 피어났잖아요.

당신이 떠나면,
핏빛 가슴으로
그리워 그리워하다가

흩어지는 초록빛 당신 품에
한 잎, 한 잎
부서져 내릴 거예요.

고청굴 처녀

창벽나루 배 저어 가셨나요.
장군봉 안개자락 헤치고 가셨나요.

어느새 사랑의 숨결이 되었어요.
비 젖은 당신의 살 냄새

동굴 속에서 피어난 사랑
잊으셨나요.

보세요.
문둥병도 다 나았어요.
이제 당신의 종이 되겠어요.

소금짐 지고 오는 긴 그림자
내일도
마티 먼 발치에서 기다릴래요.

*고청굴 : 공주시 반포면 서고청徐孤靑 전설이 있는 곳.

벚꽃 엔딩

이젠, 아프지 않아요.

눈물,
애써 감추는 것 아니에요.

계룡산 등성이에서
칼날 세우던 바람도
귓속말로 살랑거려요.

주체할 수 없는 사랑
강가에서도 흐드러지게
널어놓고 있잖아요.

우리 사랑
하얗게 흩날린다 해도,
돋아나는 연초록 속잎과
깔깔거리고 있잖아요.

단풍잎에게

찾지 마라.

그 사랑이
어디에 있을까

떨어져도 울지 않는다.
울어도 아프지 않다.
아파도 환히 웃는다.

말하지 않아도 안다,
그 사랑,

떠나면서도
환히 웃고 있는
붉디붉은 가슴에

환선굴

한 방울,
한 방울 떨어져

수억 년
지는 물무늬로 맺어진
한 움큼의 사랑

들어갈 수 없는
천당문 앞에 섰을 때

사랑 좇던 선녀
환영처럼 떠나고

갑각류 화석의
단단한 껍질만
세월을 기어가고 있다.

베틀노래

베틀 노세, 베틀 노세, 옥난간에다 베틀 노세, 낭군님의 복을 지어놓고 앉아 생각, 누워 생각······.

첫 개짐 붉게 물들여
애 하나 질러놓고
정처 없이 떠나버린 사랑

열네 살 처녀, 시집 와
덕숭산 자락에 묻은 지 육십 년
기나긴 동지 밤
베틀에 올라앉아
그리움 한 올 한 올 엮어 짰다.

기다려도 오지 않고,
시집살이보다 더 아픈
서방님 그리운 밤
머리꼭지에 달린 비녀 빼어
허벅지 찔러 성한 날이 없었다.

긴 세월 흘렀건만

밤마다, 달가닥 달가닥
까맣게 탄 가슴에 앉힌 베틀노래
오늘도, 초가집 툇마루 밖
마른 옥수수 밭만 흔들고

헌옷

꼭 끌어안아
사랑으로 감싸주었다.

던져도 투덜대지 않았다.
물길 소용돌이에 수천 번 휘둘려도
환히 웃었다.

새 옷 하나
사씨 몰아낸 교씨처럼
당당하게 자리잡았다.

헐고, 닳고, 바랜다고
함부로 버리지 마라.

교씨도 언젠가는 버려진다.
다시는 돌아오지 못할
헌옷수거함 구멍 속으로

2부

봄비 내리던 날

들꽃

손톱에 무슨 색을 바를까
귓불에 어떤 향수를 뿌릴까
코를 어떻게 고칠까

빛깔을 탓하지 마라
향내를 탐하지 마라
모양도 걱정하지 마라

더 아름답다.

서리 내린 길모퉁이에서
그냥 피어나
환히 웃고 있는 네가

봄비 내리던 날

창 밖 산수유 꽃
첫사랑 입술 같은 봄비
몰래 만나던 날

산수유 꽃에
눈 떼지 못한 채
시를 읽었다, 숨 가다듬어

봄비 속으로
부서져 내리는 나를
학생들은 눈치채지 못했다.

잠시 쉬는 시간,
겨우내 닫혔던 창을 열었다.

창 밖 봄비가
어금니로 꼭 물었던
옛사랑 끌어내고 있었다.

아들 녀석 샛노란 셔츠도

몰래 입고 나왔는데
그냥 나가버릴까,
학생들 창 안에 가둔 채.

산수유 꽃 가슴 헤집고
얼굴 비벼대는
봄비 되어

무릉도원 산책

삼월 주말, 코로나 꽃 피던 날
나가지 말라는데도 원수산에 갔습니다.
개나리꽃 피는 이번 봄 첫 나들이입니다.

쑥 향기 돋아나고 있었습니다.
진달래꽃이 봄바람과 춤추고 있었습니다.
벚꽃들도 덩달아 신이 났습니다.
새소리가 어찌나 청명한지요.

봄바람 자락에서 벌린 꽃들의 잔치
'비발디 봄'보다 더 아름다운 새들의 합창

당신이 보내셨지요?

봄 쑥국 향내 맛보면서,
꽃들의 왈츠, 잘 감상하겠습니다.
새들의 코러스, 행복하게 듣겠습니다.

＊원수산 : 세종시 정부청사 뒤편에 있는 산.

민들레꽃

회초리 끝 같은
이른 봄바람
시리지 않아요.

금 간
시멘트 블록 틈에
끼었어도
아프지 않아요.

지나는 사람들
발길에 채여도
두렵지 않아요.

보세요,
눈물 마른 틈에서도
활짝 웃고 있잖아요.

구절초

고갯길, 구절초 하나
녹슨 철망 사이에 끼어
환히 웃고 있다.

허리 꺾인 채로
피어난 네 모습,
애써 외면한 채
가속 페달 밟는다.

산 넘어 강을 지나
붉은 신호등 뒤로 하고

작은 공간으로 들어갈 때까지도
굴러 내린 돌덩이에
허리 꺾인 너는
아침 햇살에 눈부시다.

겨울나무

벗은 네가
더 아름답구나.

너에게 매달린
하얀 순결, 눈물이 난다.

보여도 아무것도 아닌 것을
왜 그리도
감추고 사는지.

낙엽

무슨 꿈을 더 꾸랴.

지난 이른 봄,
언 가지에서 꾸었던 꿈

눈물도 있었다만

이제,
화려했던
욕망조차 버리는구나.

전신주

떠나자,
먼 바다로
삐걱거리는 목선을 타고

무엇이 옭아맸는가.

끊어내자, 수없이 다짐하지만
팽팽하게
잡아당기는
질기디질긴 닻줄

날마다, 강 안개 헤집고
먼 바다로
떠나는 꿈

동행

봄빛이
설레던 날
손잡았어요.

사랑은
아주 먼 훗날까지
손 꼭 잡고 가는 것

별들의 속삭임 들어봐요.
들꽃 향기 맡아요.
소리 내서 웃어요.

맞잡은 손에
우리 행복
숨어 있어요.

낚시

강물에 낚시를 던진다.
자작나무 숲이 파문으로 온다.

바늘 끝을 향기로 감싸서
욕망의 눈빛으로 던지자.
여울을 거슬리는 싱싱한 육체
날카로운 향기에 유혹되거라.
채워도 끝없는 욕망을 위해.

낚아챈 손에 잡힐 듯 파들대는
북태평양 연어 한 마리
낚아 올리자, 연어와 한바탕 싸움
밤새 황홀하게 꾸었던 불은
이내 물무늬로 흩어진다.

어느새
자작나무 숲이 거닐고 있었다.

가을 달밭

동해로 가는 길,
갈대가 서걱이는
가을 달밭을 지났다.

어디에선가
떠밀려온 폐선 한 척
상처난 가슴 드러낸 채
달밭에서 쉬고 있었다.
얼마나 고단했던가.

다시 돌아오는 길,
또 가을밤 달밭을 지났다.
폐선은 어디론가 떠났다.
달밭에 올라앉은
폐선은 어디로 갔을까?

고단한 몸 끌고
옛 추억 그리워
푸른 바다로 떠났는가.

가을 달밭에서 수런대던 달빛만
휘영한 도시로 따라오더니
어느새 푸른 꽃잎 되어
하나 둘 떨어지고 있었다.

＊달밭 : 부산 근처 '월전'이라는 마을.

칠월, 난꽃

햇볕이 내려쬔다. 견딜 수 없다. 에어컨 버튼을 눌렀다. 아래 방향 화살표를 눌렀다. 또 눌렀다. 여름은 갔다. 낙엽 소리가 들렸다. 기침을 했다. 겨울이다. 위 방향 화살표를 눌렀다. 봄이 올 거야. 몸 깊은 구석에서 노란 향내를 키웠다. 착각이다. 한여름 잠깐의 향내는 착각이다. 꽃이 이내 떨어졌다. 칠월, 춥다. 뿌리 물주머니 다 마를 때까지 그 향내 놓을 수 있을까.

동해 가는 길

버스를 탔다.
어느새 동해 파도가
눈가를 촉촉이 적시며
시큰한 콧마루에 그리움으로 넘실댄다.

  파도소리는,
  비에젖어슬픔에젖어눈물을감추고내몸이떨어져서우리
의만남은우연이아니야남행열차에나만의남자남자개나리
우물가에나리나리좋다좋다으싸으싸언제나외로워라타향
에서우는몸몸몸……아파트한채더사고주식이올랐고자식
이일류대가고……으싸으싸!
  벌써 소주 몇 잔에 얼굴이 벌게진 채
  스피커 파열음에 휩쓸려간다.

  연무 헤집고 달리는 고속도로에서
  나는 한 권의 시집을 든 채
  무인도로 떠나고 있다.

벌초

풀을
꼭 움켜진
손등에

눈물 시린
어머니 정으로
쏟아지는
초가을 햇살

풀처럼 자라는
그리움

베어도
베어내도
또 돋아나겠지.

전교당 쪽마루에 앉아

대낮,
귀뚜라미가 운다.

별 밤 지새워
가슴 언저리로 우는
못다한 울음

가을빛 매달린
상덕사尙德祠 홑처마 끝에서
부서져 내린다.

전교당典教堂 천장에 핀
빛바랜 연꽃잎 속으로
돌담 아래 흔들리는
오죽烏竹 마디마디에

사백오십 년 전,
어느 선비도 이 쪽마루에 앉아
낮달 뜬 대낮에 우는
귀뚜라미 울음 듣고 있었을까.

＊전교당典教堂 : 안동 도산서원陶山書院 강당.

51

나의 책꽂이

　나의 책꽂이는 말의 나라

　가장 어두운 날 저녁에 반달과 길을 가다 다시 사랑을 위하여 타는 목마름으로 나는 신대륙을 발견했다 저물면서 빛나는 바다 불이 있는 몇 개의 풍경 빈 하늘을 바라보며 부드러운 직선 혹독한 기다림 위에 있다 그리움이 떠도는 바람이 되어 우리는 하얀 솔잎이 되어 비 속에서 죽산에 이르는 길 그대 마음을 훔쳐 신고 황토 속초행 먼 바다 고향 길 어둠은 가고 밝음만 있게 하소서 분리된 꿈 풀잎 속 작은 길 장미의 뜰 별들은 따뜻하다 달이 즈믄 가람에 가슴에 앉힌 山 하나 나무를 껴안다 불타는 달 불타는 물 숨은 신 빈 그릇이 빈 그릇이 아니오 생활 바다의 권력 어느 사랑 이야기 아내의 풍경 비를 주제로 한 서정별곡 접시꽃 당신 때가 되어 별이 내게 오고 그대는 깊디깊은 강 밤하늘의 바둑판 나는 너다 외로우니까 사람이다 사랑의 예감 초혼제 아픈 곳에 자꾸 손이 간다 너의 상처에서도 단내가 난다 서른, 잔치는 끝났다

　사랑하다가 죽어버려라

책꽂이는 꿈꾸는 섬

어느 날 나는 흐린 酒店에 앉아 있을 거다

물빛 고향

계룡산 안개 자락 붙들고 나는 날마다 고향엘 간다.
공주 지나 길 따라 칠십 리, 몇 구비 더 돌면 칠갑산 자락
붉은 마을, 숨은 골짜기

겨울녹는개울물소리봄볕꿩소리콩깍지튀는소리도리깨
소리대바람소리팽이치는소리할아버지기침소리모기불타
는냄새밭매는할머니적삼적신땀냄새호박구덩이똥냄새아
궁이생솔타는냄새잠자리꽁꽁먼디먼디가면똥물먹구죽는
다풍뎅아풍뎅아앞마당쓸어라뒷마당쓸어라얼라리꼴라리
누구누구를사랑한대용용죽겠지희끄무레한달이연못에마
실나와초가아래등잔불과재잘대는안말재기형네남수네재
희네돌안말남닝이네명덕이네……

공주대교 신호등 앞에 서면,
그냥 물빛으로
흩어지는 고향

3부

나의 살던 고향은

이과두주

오늘도 이 교수는
이과두주를 마신다.

밋밋한 열 잔보다
차라리 독한 한 잔으로
분노를 잠재우기 위해.

어차피 짐 지고 가는 세상
지천명을 아는 세월에
무슨 원망이 있을까만은

밤 한 톨만큼도 안 되는
욕망을 채우기 위해
눈가에 핏발 세우는
너희들을 용서하기 위해서

이 교수는 오늘도
이과두주를 마신다.

나의 살던 고향은

나의 살던 고향은
꽃피던 산골
헐려버린 돌담길
매연 먹고 맴맴
봉숭아꽃 어이할거나

나의 살던 고향은
꽃피던 산골
허리 잘린 산등성이
뿌리째 이리 뒹굴 저리 뒹굴
아기 진달래꽃 어이할거나

나의 살던 고향은
꽃피던 산골
빚덩어리 등에 지고
멀리 떠나버린
텅 빈 집, 집 어이할거나

나의 살던 고향은
복숭아꽃 살구꽃 피던 산골

꼬불꼬불 토담길 따라오는
송아지 울음소리
그립습니다.

봄이란 녀석

봄이란 녀석
신이 났다.

산수유꽃 봉오리에서
폴짝폴짝 뛰더니
목련꽃에서도
진달래꽃에서도
폴짝폴짝 뛰고 있다.

겨우내
바깥 구경 못한 녀석
공사판 행복도시 가는 길,
벚나무 검은 가지 위에서도
폴짝폴짝 뛰고 싶어
안달이 났다.

아파트 짓는다고
집 뜯겨 갈 곳 없는 시거리 아저씨
눈물도 모른 채,

고 녀석,
허물어진 돌담 옆
언제 뽑힐 줄 모르는
살구나무에서도
폴짝폴짝 뛰고 있다.

그날

오일팔, 서른아홉 번째 며칠 후
광주로 모여든 교수들과 테니스를 치다가
피로 물들었던 그날 지워지지 않아
최 교수와 망월동에 갔다.

철거 중인 행사장 천막들
최루탄 같은 먼지바람에 펄럭이고,
분노로 줄지어 선 차가운 비석마다
시들어가는 꽃묶음만 울고 있었다.

나라가 어찌하여 내 아들을 죽였냐고
이 어린 아들 왜 총탄에 보내야 했냐고
찬 비석 끌어안은 어머니의 소리 없는 통곡
망월동 골골이 서러웠다.

저들이 그날을 알까.
분노의 함성과 총구의 불빛, 눈물의 주먹밥을
기념일에만 몰려오는 정치꾼들처럼
높다란 기념탑을 휙 돌아나가는 새 떼

그날, 무슨 죄인지도 모르고 총 맞아
억울하고 서러워 가슴 저미는 저 영혼들
아직도 고풀이 굿거리를 기다리며
묘지 언덕의 들꽃만 키워내고 있다.

창벽강 모래

안개가 숨차 기어오르는
창벽강 한복판에서
그것도 대낮에

커다란 짐승 한 마리,
거친 숨 몰아쉬며
푸른 치마폭 찢어내 겁탈한다.

수천 년 은장도로 지켜온 뽀얀 살결
피 뿌리며 몸부림쳐 보지만
힘없이 무너져 내리는 눈물

겁탈 당한 채, 차곡차곡 쌓여
도시로 팔려가는
쓸쓸한 운명

창벽강은
날마다 겁탈 당하고 있다.

숫자 백

백이라는 숫자가
얼마나 좋으냐.

집에 일찍 들어가기, 아내에게 사랑한다고 말하기, 녀석
들과 놀아주기, 우리 남편 좋은 남편, 풀고 또 풀고, 학교 파
한 뒤 가방 메고 날마다 학원 가기. 백을 위하여. 손 잘리고
다리가 부러져도, 폐가 썩어가도 생산량 백 퍼센트 달성,
우리 아이 백 점 받는 것이 얼마나 좋으냐. 백 점 남편, 백
점 아이. 백 퍼센트 목표 달성, 백오십도 백이 되고, 이백도
백이 되는 백이라는 숫자, 얼마나 좋으냐.

너도 나도
백을 향한 돌진,
백이라는 숫자에 치어
날마다 죽어간다.

물고기 여행

물고기 한 마리
청명한 어느 날 아침
뜬봉샘을 떠났다.

파도의 속삭임
푸른 바다 그리워

밤이면 개똥벌레와 속삭이고
낮이면 굽이도는 산 그림자와 도란도란
할 말과 못할 말이 없었다.

신탄진 낭떠러지에서 곤두박질치고
세종에서 공주, 부여까지
숨 쉬기도 어려운 물에 코를 박고
힘겹게 보를 넘으면서

강 언덕 들꽃과
속삭일 힘도 잃은 채,
폐는 조금씩 조금씩 삭아가고 있다.

할딱할딱 숨 가쁜 어느 날,
한 서린 낙화암 백마강가에서
다 삭아가는 폐를 끌어안은 채,

더는 가지 못하고
먼 바다만 그리워한다.

섬진강 돌

섬진강엔 돌들이 잘 살고 있다.
이 모양 저 모양, 큰 돌 작은 돌
멀리, 가까이에서 온 오래된 돌, 어린 돌
강 가운데, 강가에서, 물속에서 물 밖에서
자리를 탓하지 않고 잘 살고 있다.

금강엔 돌들이 살지 못한다.
새 돌이 멀리서 굴러오면
먼저 온 돌은 자리를 내주지 않는다.
천 년 만 년 죽어도 자기 자리라고
한 뼘도 양보하지 않는다.

때가 되면 떠나야 하는 줄도 모르고
자기 자리라고 우긴다.
이리 부딪치고 저리 부딪치고
헐뜯고 싸우다가 너도 나도 부서진다.
큰물 나던 날, 힘없이 함께 떠내려간다.

섬진강엔 오늘도 돌들이 잘 살고 있다.
멀리 와서 부딪히면 조금 물러나고

봄날엔 매화, 산수유 꽃놀이를 한다.
화개장터에서 막걸리 한 잔 주고받으면서
크고 작은 돌들이, 올망졸망 잘 살고 있다.

흑백사진

강 건너 풍경,
두 눈에 백내장이 꼈을까요.
빛바랜 흑백사진 한 장 가물거려요.

강 건너 흑백사진 속에서
봄맛 돋우는 쑥 향기 피어나겠지요.
벚꽃들 흐드러진 웃음 널어놓겠지요.
종달새 새 둥지에서 사랑 나누겠지요.

눈을 문질러도 흐릿한 흑백사진 한 장
바다 건너 편서풍 타고 왔나요.
서해안 석탄 타는 냄새로 왔나요.
자동차 꼬리 물고 왔나요.
전광판엔 오늘도 '미세먼지 빨간 얼굴'
환히 웃는 '파란 얼굴'로 언제나 바뀔까요.

달의 분화구까지 찍힌다는
수천만 화소 컬러 카메라로 찍어도
인화되는 것은 흐릿한 흑백사진뿐

당신만이 찍을 수 있어요.

연초록 파스텔로 문지른 강 건너 언덕

흩날리며 자지러지는 벚꽃들의 웃음소리

얼른 찍어, 청명한 사진 한 장 보내주세요.

겨울 끝 개나리

봄이 오면 개나리 꽃 피는 언덕길,
손녀 딸 하나 데리고 사는 할머니
언덕길에 날마다 연탄재를 던졌지요.
언 땅에서 연탄재 부서지며 이는 먼지
하얀 한숨처럼 폭폭 터져났지요.
아이엠에프가 동지 바람처럼 할퀴던 날
떠나, 봄꽃 피면 돌아온다던 아들, 며느리
모퉁이길, 개나리꽃 핀 지 벌써 몇 해
개나리, 꽃 문 열고 삐죽 얼굴을 내밀었어요.
언덕길 할머니 얼마나 좋아했던지요.
회초리 끝 같은 북풍이
피다 만 노란 꽃봉오리를 뭉그질러버렸어요.
꽃 피길 겨우내 기다리던 할머니
풀썩 주저앉아버렸어요.

활자들의 UFC판

새벽마다 신문을 읽는다.
화장실 변기에 앉아

활자들의 UFC판,
옆차기로거꾸러뜨리자다시일어나면뒤통수를치자막말
은아무것도아니고거짓말로속여야돼우리맘대로안되면보
스가시키는대로하자요새끼들우리가가만히있을줄알아태
극기휘날리며국민의이름으로망치라도들고그래죽기아니
면살기지붙어보자꼴통들깐나새끼들얼어죽을국민은무슨
국민이야울리는종소리도무시하자심판도우리편안들면때
려눕혀버리자우리는반칙왕무법의격투기프로선수들이니
까……

누가 이길까, 정치면은 신나는 사각 링.

날마다 그들을
배설물과 함께 처박는다.

그해, 오월

누렇게 바랜 일기장을 넘겼다. 그해, 오월

시뻘건 눈 부릅떴다. 안개를 걷어내야 한다. 시를 써붙였
다. 물러가라, 물러가라 선언문을 밤새 작성했다. 민주주
여 만세. 눈부신 팔십 년 오월, 군사독재, 유신독재 십팔년!
끝나리라고 믿었던 봄날, 목이 쉬어라 노래 불렀다. 대포
소리보다 더 큰 다연발 최루탄, 스크럼 짜고 뛰던 무리 고
꾸라뜨렸다. 날마다 별 단 군인들 텔레비전 뉴스를 채웠다.
그날 이후, 물러가라는 함성은 들리지 않았다. 총 든 친구
들만이 장갑차와 함께 교정의 침묵을 지켰다. 오월의 봄을
외치던 금남로는 피로 물들었다. 잡히면 안 된다, 안 된다,
피신했다. 재복이네에서 잡힐 뻔도 했다. 시를 가르치던 오
교수 집에도, 하동에서 선생을 하던 후배 집까지도. 하루
가 멀다 하고 우리 집을 드나드는 이 형사, 김 형사. 나보다
도 나를 더 잘 알고 있었다. 자수라는 이름으로 끌려갔다.
대전 시내 관공서 옆 ○○기업사라 이름 붙은 지하실, 철문
열리는 금속성과 함께 몽둥이는 엉덩이를 붉게 물들였다.
○○○에게 지령을 받았다고, 다 알고 있다고. 나라가 백성
을, 그것도 자유와 민주를 달라는 백성을 몽둥이질해댔다.
국가권력 몇 대에 죽을 것 같았다. 어금니를 몽글리면서 잘

못했다고 빌었다. 두 달간 철창신세, 유격훈련, 어쩔 수 없이 끌려간 군대보다도 더 군대 같았다. 군부대 철조망 문이 열릴 때, 끌어안은 것은 절망과 아픈 허리뿐이었다. 밤에도 낮에도 시대를 팔아 술 안주 삼았다. 눈이 뻘게지면서 혼자 분노하는 것이 고작이었다. 언제 그랬냐는 듯 평온하기만 한 교정, 잘했다고 빡빡 우기던 녀석들은 돌아오지 못했다. 그렇게도 외치던 오월의 봄은 오지 않았다.

그날, 너의 외침은 아득한 안개 속으로 떠났다. 무엇을 위해 나는 오늘도 젊은이들에게 '진달래꽃'을 가르치는가.

사랑의 종소리

도시, 밤거리를 걸었어요.
십자가 휘황한 불빛이
널름거리는 널따란 거리
붉은 욕망의 바벨탑을 쌓고 있어요.
아침나절, 우리를 부르던 종소리
쇠똥 뒹구는 골목마다 울려 퍼지면,
밭 매던 호미 던지고 뛰어왔어요.
얻어먹어도 문턱 넘어 소망을 꿈꾸었어요.
죄 지었어도 십자가 앞에 두 손 모았어요.
날마다 재잘거리는 교회 앞마당의 평화,
너와 내가, 갈라진 긴 의자에 붙어 앉아
목청 높여 은혜를 나누었어요.
사랑의 종소리, 어디로 갔는가요,
찬바람 맞으며 높은 굴뚝에서 들려오는
노동자의 처절한 외침, 들어보려고나 했나요.
사삼, 사일구, 오일팔의 영령들을 위해
얼마나 눈물을 흘려보았는가요.
사랑과 소망과 은혜의 이름으로
자본주의의 달콤함에 취해 있는 이들의
외로움과 상처, 보듬어주고 있지 않나요.

세상의 보통사람들과 맞서면서
주일마다 수천, 수만 명씩 모여 앉아
도시의 욕망 차곡차곡 쌓아가고 있어요.
오늘도 굳게 닫힌 사랑의 문, 소망의 문
언제 열어, 사랑의 종소리 들려주실 건가요.

임마누엘

하나님, 당신이신가요.
임마누엘 하나님, 주무시는가요.

하나님께서 헛된 제물 다시 가져오지 말라 해도
수백, 수천억씩 십자가 밑에 쌓고 있다가
정치꾼을 뽑는 선거철이 되니, 덩달아 뛰면서
무슨 연합인가 하는 이름으로 외쳐댔어요.
나라가, 독재가 어쩌고저쩌고, 신문마다
전면광고로 "다 함께 기도합시다!"라고요.

무슨 연합회장인가라는 자는 온종일
당신의 아들이 피 흘린 십자가 밑에서
위선에 찬 분노의 목소리로 외쳐댔어요.
기독교는 망한다고, 독재를 심판하자고.

죄 없는 백성을 나라가 짓밟던 수십 년,
독재자들을 향해 얼마나 외쳐보았는가요.
심판받을 자들이 심판하자고 외치고 있어요.
가래침 맞을 정치꾼이 다되었더라고요.

"하나님, 그만 주무시고 일어나 보시옵소서.

저들은 자기의 죄를 모르고 있나이다.

저들의 죄를 용서하지 마시옵소서.

저들의 욕망을 예수님의 피로

정결하게 하지 마옵소서."

잘코뱅신

우리 동네 사투리로
잘코뱅신이란 말이 있슈.
워디 좀 들어보실래유.

폭망헌다, 빨갱이다, 독재다라구
코로나도 니덜 때미 더 퍼졌다구
여의도 금뗑이 절반은 지덜 거라구.
입마개 틈새로 코로나늠 같은 말씀을
맨~날 외쳐대셨다구 허드라구유.
나라가 폭~망헌다구, 심판허야 한다구
지들에게 맽겨달라구두 혔대유.
근디 더 폭~망허면 어쩔라구 맽긴대유.
입만 벌리면 빨갱이라고 헌다는디
우덜 동네서는 빨강색이 빨갱이인디.
요새 맨날 독재 타도허자구 혔다면서유.
백성이 죄진 일도 읎이 짓밟히던 시절
백성이 주인이라고 한마디래도
큰소리로 외쳐본 일두 읎다구 허대유.
코쟁이들도 코로나 잘 때려잡는다구
박수치구 난리였다면서유.

글구, 뭐 쫌 헐라먼 발목쨍이를
그렇게두 꽉 잡어챈다구 허대유.
어떤 백성이 그러는디유~
폭망, 빨갱이, 독재에게는
금뗑이를 엄청나게 줬다면서유.
거리에서 신발까장 벗구 머리 땅 닿게 절하며
금뗑이 몇 개만 더 달라구 난리였다매유.
웃으면 복이 와유가 따루 읎었더라구 허대유.

근디, 백성을 흑싸리 껍데기로 아나봐유.
아이구, 이게 잘코뱅신이 아니구 뭐래유.

마른기침

마른기침을 한다.

벌써 열흘째, 신문 가지러
새벽 현관문을 빼꼼히 연 것이 고작이다.
마른기침을 할 때마다 아내는 핀잔을 한다.

두 주일 전쯤, 아내가 한사코 말렸다.
뿌리치고 인천공항을 향했다,
며칠 동안, 보르네오 야자 숲 바닷가
파도자락과 깔깔대며 춤을 추었다.

그럴 리 없다고 짐짓 믿는 나를 비웃듯
텔레비전 화면마다 온종일 웃고 있다.
음흉함 감춘 채, 까만 달 가장자리에서
빛나는 아름다운 붉은 꽃, 코로나

나의 일상은 멈췄다.

마른기침은 나를 붙들고
오랜 세월 끄적거리던 언어를 불러냈다.

그리움과 외로움, 상처와 분노
구석에서 움츠렸던 사랑의 통증도 깨웠다.

지난 날의 언어 파편들과 시름하면서
뒤돌아보고, 용서하는 법도 배웠다.
멈추고서야 비로소 찾은 언어들
옛 언어들이 다시 집을 짓기 시작했다.

'산국山菊' 연출

　언정이 너는 좀 더 완고한 城이야. 아니, 그 정도로는 봉건지주 가문을 지킬 수 있겠어. 피눈물도 없는 냉정함을 보여줘! 경숙이가 너를 쥐어뜯어도 시원치 않다고, 흉년이 든 해에 동생 수돌이가 굶어죽은 것도 너 때문이라고 하잖아. 다시, 다시 간다. 경숙이 너는 더 처절해야 돼. 양반 지주 놈들 때문에 대대로 짐승처럼 살아왔잖아. 아버지도 의병으로 떠나고, 왜병 놈들에게 겁탈도 당했어. 하지만, 왜놈들 앞서 우리는 하나가 되는 거야. 아들도 손자도 잃은 언정이 너는 왜놈 앞에서 목숨을 끊기 위해서는 더욱 비정해야 돼. 경숙이와 영희 모녀는 죽을 것을 알면서도 봉화를 올리는 것이니까, 비장하면서도 힘이 있어야 돼. 은미는 아씨와 일행을 살리기 위해 왜놈들에게 뛰어든 종년이잖아. 지주 것들은 종년만도 못해. 은숙이 너는 지아비와 자식을 잃고 절벽으로 뛰어내리는 것이니까. 그 비명소리에 관객들이 소름이 쫙 끼치겠어. 정운이 너 가끔 연습에 슬그머니 안 나오는 것만 고치면 돼. 무대에서 다 죽지만 너는 살잖아. 공주 출신 농민의 아들, 아버지가 갑오년에 관군 놈들에게 죽창에 찔려 죽었잖아. 그렇게 말없이 안 나오면 너도 죽어. 공연 끝날 때까지 데이트도 안 돼, 여기로 데려와.

　무대 위에서 황석영이 심은 山菊이 곧 필 거야. 자, 다시 한번 간다.

4부

물새가 되어

강가에서

먼 길 떠났다.
어디로 가는 것일까.

갈 길도 알지 못한 채
여울 가로질러 소용돌이쳤다.

한 움큼도 안 되는
욕망을 위해 물길 거슬러
그리도 몸부림쳤던가.

좁은 물길로 소용돌이치던
욕망을 버리자.

내일이면, 낮은 데로 흘러
이미 강이 아닐 것을

물새가 되어

몇 가닥 노을빛
강물의 작은 파문을 더듬어 내릴 때
강 언덕 작은 찻집 문을 밀쳤다.
통나무 의자에 앉는다.

이내 물새가 되어
질그릇 찻잔 언저리를 지나
벽에 기댄 화병 속 갈대숲에서
날개를 접는다.

꿈처럼 지나는 세월,
도대체, 살아간다는 것이 무엇이기에
뒤도 돌아보지 못한 채
바동거리며 무엇을 찾으려 했던가.

그 긴 세월,
한 뼘 반도 안 되는
통나무 나이테에 갇혀
갈 곳을 잃고 얼마나 뱅뱅 돌았던가.

내일은,

어둠 자락에 접었던 날개 활짝 펴고

오랜 세월 갇혔던 나이테를 벗어나보자.

고갯길

트럭 하나,
고갯길을 오른다.

몸무게보다 더 무거운 짐 지고
비안개 흩뿌리는
고갯길을 올라야 한다.

이 세상 사는 동안
멍에처럼 메고
가야 하는 짐

어느 시인은 말했지.
이 세상이 아름다운
소풍이었다고,

그 짐,
세상 소풍이 끝나야
부려놓을 수 있을까.

패랭이꽃

강 언덕에서 꽃 피우며
부드러운 물결에 몸을 맡겼다.
믿는다는 것이 어리석음을 알면서

어느 날, 부드러웠던 물결이
황토 빛으로 소용돌이쳤다.

강 언덕에서 홀로서기가
그처럼 어려운지
사나워진 홍수를 보고 알았다.

휩쓸고 간 상처 자락에서
다시 꽃을 피우기 위해
오늘도 아픈 허리를 일으킨다.

강 섬

공주대교 다 와 갈 무렵,
천천히 가던 강물이 멈춰
섬을 만들고 있다.

그리 먼 세월도 아닌데,
작은 알몸들이 모여
물푸레나무를 키워왔구나.

보아라,
천천히 흐르는 강물이 만든
새들의 둥지

그 세월, 무엇이 그리 한이 되어
이리저리 부딪치는 홍수처럼
분노의 서릿발 선 눈으로 달려왔는지.

천천히 가도, 멈추어도
새 생명을 키우는데.

질주

날마다,
시속 일백 킬로미터로 질주한다.
칠십 킬로미터 넘지 말라는
서슬 퍼런 경고도 무시한다.

가속 페달을 밟는다.
앞차를 추월하자.
바짝 붙어 밀어대자.
과속단속 카메라 앞에서는
비겁해도 살짝 브레이크를 밟자.

사선을 넘나들며 질주한다.
달리고 달리는 끝없는 욕망,
수십 년을 앞만 보고 달렸다.

물무늬 구름 핀 하늘을 본 일이 있었던가.
뒤돌아보면서 천천히 가도 될 일을.

잠시, 붉은 경고등에 굴복할 뿐
또 질주한다.

출근길

밤새 꾸었던 질주,
아파트 구멍에서 나오자마자 차단당한다.
부릅뜬 신호등, 붉은 눈에 주눅 들고
머리 처박고 들어오는 배짱에
자동차 브레이크 터져난다.

미로 같은 샛길을 찾았다.
이미 나의 길이 아니었다.
어느 촌로村老 작대기 들고
눈 부릅뜬 채 길을 막는다.

"여기가 워디 찻길이여, 엠병알놈들!"

그래, 언제 이 길이 나의 길이었니
남들이 가니까 그냥 따라가고 있었지.
오랜 세월, 나의 길을 가본 일 있었던가
어디인 줄도 모르고 달려만 갔지.

샛길을 간신히 빠져나와 넓은 길로 들어선다.
남들이 가는 대열에 그냥 끼어간다.

시속 일백 킬로미터로 앞만 보고 달려가지만,
촌로村老가 내뱉은 말
자동차 꼬리에 찰거머리처럼 달라붙는다.

아직도
가는 길이 어딘 줄도 모르고
날마다 치닫고 있다.

겨울 새

언 강변에
한 점의 죄로
떨어져 내렸다.

시린 강 자락에서
서성인다.

왜 머물지 못할까.
고백하지도 버리지도 못하는
죄 때문일까.

머물 수 없는 이 땅,
한 뼘의 봄볕이
날개 깃 사이로 스며올 때
고백할 수 있을까.

이 언 땅에서, 언제
속죄제를 드릴 수 있을까.

바닷가에서

조개껍질 따라다니며
재잘대는 예솔이 소리
어느새 물결이 되어
바닷가 예쁜 조약돌과
장난을 친다.

소라껍질에 귀 대고
파도소리 듣는 한솔이
어느새 초록 바다를 날며
자맥질하는 갈매기와
숨바꼭질한다.

예솔이 소리, 한솔이 마음
우리 모두 갈매기 가족 되어
파도를 타고
깔깔거린다.

먼 풍경

찬바람 불던 날,
행복도시 아파트 이십육 층 창가,
빌딩숲 사이로 계룡산을 바라본다.
안경 벗어놓은 듯 희미한 먼 풍경

밤도둑 같은 찬바람
장군봉 아래 창틀을 흔든다.
부스럭거리는 가랑잎처럼
가난을 투덜대던 아내
불러진 배 끌어안고 잠들었다.
내일 모레, 마지막 겨울 학기
강사료 타면 무엇을 사줄까.
빨간 털모자, 먹고 싶다던 시루떡,
아니면 예쁜 겨울 구두 하나
허사다, 방세도 밀려 있다.
콜록거리는 아내를 위하여
연탄 몇 십 장 더 들여와야 한다.
한 달이나 남은 설,
세배 갈 일도 걱정이다.
주인집 마루에 걸린

낡은 벽시계 서너 번 울면서
무거운 눈꺼풀로 책을 덮는다.
막히고 남은 한 쪽 코로
숨을 몰아쉬는 아내 잠꼬대하면서
차버린 이불 다시 덮어준다.

'가난한 날의 행복'을
믿지 않으면서도
행복을 기다리는 아내 머리맡에
계룡산 자락, 새벽안개 스멀거린다.

와 인 한 잔

딸이 아내 옆에 앉아 깔깔거린다.
청명한 소리로 부딪치는 붉은 수정잔에서
그 여름날도 덩달아 출렁거린다.

차라리 겨울이면 좋겠다.
선풍기도 지친 밤, 팬티만 걸친 채
눈꺼풀을 몇 번이고 뒤집으면서 논문을 쓴다.
눈물 훔치던 아내 선잠들어 잠꼬대한다.
그래, 꾸어라. 이왕에 꿈 꾸려면
프랑스제 최고급 화장품으로
얼굴 두드리며 미소 지어라.
쇼 모델처럼 멋진 옷 걸치고
학생들 환호성에 손 흔들어라.
근사한 외제 자가용 문 힘차게 닫으며
허리 뒤로 젖히고 교문을 나서라.
부족하면, 팔십 평짜리 고급 빌라
흔들의자에, 그것도 거만스럽게 앉아
손톱마다 매니큐어나 발라라.
아니야, 차라리 꿈꾸지 마라.
꾸는 꿈이라야 시집 잘못 온

신세타령밖에 또 있으랴.
떨어지기 설워 울어대는 아이,
뒤돌아보며 눈물 훔치지 않을까.
한 살 바기 아이는 땀띠로
사타구니 짓물러 칭얼댄다.
애써 외면한다, 잠결에 토닥거리는
힘없는 아내의 손

딸아, 네가
무슨 말인지 알기나 하겠냐.
수정 와인 잔이나 한번 더 부딪치자.

할아버지 유감

출근길 엘리베이터를 탔다.
삼십 층, 층층마다 선다.
몇 층 내려가지 못하고 또 선다.

아장아장 걸어오는 아이
여린 손 엄마 손에 꼭 잡혀 있다.
반가워 손 흔들었다.

"아이가 참 예쁘네요. 엄마 닮아서"
아들 나이쯤 돼보이는
젊은 엄마, 활짝 웃으며
"할아버지다, 인사해야지."

'할아버지?'
벌써 할아버지란 말인가.
그래, 아들 나이 삼십이 넘었는데.
머리도 빠질 대로 빠졌는데……

'할아버지'가
온종일 찰싹 달라붙는다.

오십이라는 나이가
오지 않을 줄 알았는데,
어느덧 그것도 훌쩍 넘겼다.

나이 먹어 늙는다는 것이
죽는 것보다 더 걱정인가보다.

어느 겨울날

바람이 불었습니다.
시린 눈보라도 맞으셨습니다.

어머니,
당신은 소리 내서
울지 않으셨습니다.

일곱 가지 키우시며
하루도 기도를
거르지 않으셨습니다.

마른 땅,
거친 바람 속에서도
환히 꽃을 피우셨습니다.

어느 추운 겨울날,
꽃잎으로 떨어지셨습니다.

마태복음 13장 44절, 보화를 찾고
환한 웃음으로 떠나신 당신

이제, 당신의 소유를
다 팔아 사신 밭에서
당신처럼 꽃 피우겠습니다.

마른 손

마른 손이라도
한번 더 잡아볼 걸

소주잔 부딪치며, 낄낄거리며
너와, 충선이 재복이 종안이
밤새워 젊은 오만을 떨었지.

서슬 퍼런 팔십일 년 봄날,
용관이 너는 앵초나, 나는 존 카니
남아프리카 감옥, 아일랜드 무대 위에서,
흑인 죄수 되어 자유를 외치면서
온몸 새까맣게 칠한 채 뒹굴었지.

네가 장가 가던 날,
혼인 잔치 사회를 보면서
오래오래 행복하길 빌었는데.

네 딸 혼인 날, 주례석에 선 나는
마른 손으로 딸의 손을 잡고
힘겹게 걸어오는 너를 보고

얼마나 눈물을 참았던지.

아들 먼저 떠나보내던 날,
어머니의 통곡만은 하겠느냐만
우리 할머니 세상 떠나던 날도
통곡하지 않았는데.
어찌 참을 수 있었겠니.

차가운 벽에 이마를 댔다.

해맑게 웃으며 떠나는 영정
어찌 볼 수 있었겠니.

마른 손,
한번이라도 더 잡아볼 걸

빈 잔을 놓고

오늘, 포장마차에 갔었소.

닭발 굽는 연기 속에 당신의 술잔을 놓았소.
김 교수, 당신의 이름 나지막하게 부르며
당신이 빈자리에 앉아 홀로 소주를 마셨소.

당신이 떠나던 날 낮,
백 교수 만나 바뀐 당신의 전화번호를 적었소.
오랜만에 잔 부딪치는 경쾌한 소리 그리워

그날 늦은 밤,
백 교수의 다급한 음성, 빈 잔을 울리는구려.
당신이 즐겨 그린 테이블 위에서
소주잔이 굴러 떨어지며 이제 멀리 떠나는구려.

차라리,
문 닫는 맥주집을 나와 포장마차를 찾으며,
밤거리에서 비틀거리기나 할 걸 그랬소.

오늘은

이 자리를 아주 떠난 당신이
빈 잔이 되어 내 곁에 돌아와 있구려.

어쩌다 보니

어쩌다 보니, 청춘이 언 별빛처럼 부서져 내렸다.

어쩌다 보니, 매월당이 말년을 보냈던 무량사 절간에 기어들어갔다. 얼마 후, 국문학과라는 곳에서 문학 한다고, 연극 한다고, 데모 한다고 소주로 막걸리로 낄낄대며 청춘을 보냈다. 교사가 되었고, 박사학위도 받았다. 아내 만나 아들, 딸 낳았다.

또 어쩌다 보니, 교수가 되었다. 자유로운 영혼이 살아가기 딱 좋은 직업이다. 삼십 년 세월, 여행하고, 테니스 치고, 골프도 쳤다. 연구사에 남지도 못할 논문을 쓰고, 저서를 냈다. 얄팍한 지식으로 당당하게 가르쳤다. 아들 녀석 유학 보내느라 쪼들리기는 했지만, 월급으로 아파트도 사고, 그냥 먹고 살았다. 때로는 술에 취해 천박한 자본주의를 향해, 보수꼴통 정치가들을 향해 욕설을 퍼붓기도 했다.

어쩌다 보니, 뒤 돌아볼 사이도 없이 이제 가르치는 일에서 손 놓을 시간이 다 되었다. 낄낄대던 친구 하나, 둘, 이미 떠났다. 살아온 세월, 돌아보면 늘 빈손이었다. 빈손만 남은 세월, 무엇을 움켜쥐겠다고 핏발선 눈으로 살아왔던가. 지난 세월에 흔드는 손이 아리다.

어쩌다 보니 요행으로 살아온 세월, 힘껏 쳐봐야 골프공 비거리도 훨씬 줄었는데, 어깨 힘이나 빼자. 남은 세월만이라도 흘러가는 강물에 그냥 띄워보자. 부릅뜨던 눈 이제 살짝 감아보자. 웬만하면 다 버리자. 사랑만 남기고.

고백의 시간
― 첼로 연주에

눈을 감는다.
무슨 죄를 고백할까
나만이 아는 죄

나 같은 죄인 살리신……

여린 손끝에서
떨림으로 피어나는 첼로의 저음

해조음이 되어
먼 바다에서 파도가 되었다가
노 저어 윤슬로 건너온다.

따스한 햇살이 되고
부드러운 칼날이 되어
견고한 가슴에 꽂힌다.

빙하기 화석이 되어
가슴 언저리에
똬리 튼 한 점의 죄

겨울 폭포 강하하듯
부서져 내린다.

용서하시옵소서.
오늘도 내가 당신을 죽였나이다.

현의 떨림으로
다시 드리는 번제燔祭
뻐근한 가슴은
눈물이 되고 황홀이 된다.

오월의 노래

풀꽃
예솔

큰 솔
한솔

엄마는
江

아빠는
山

오월 들판에 선
우리

한계상황에서 꿈꾸는 사랑
― 송재일의 시집 『한 모금 사랑』에 부쳐

서정학/ 시인

1

시집의 저자인 송재일은 문학박사이자 교수이고, 문학평론가이며 연극연출가이기도 하다. 또한, 수십 년 동안 연구에 몰두하면서 여러 권의 저서를 내기도 했다. 그가 오랜만에 전화했다. "시집 한 권의 분량은 되는데 어떡하지? 서 교수가 한번 읽어보고 버릴지 묶어낼지 판단해줘." 그가 시집 발간에 주저할 때, "형! 이 원고들 발간하지 않으면 다 없어지는 것이야"라고 말하면서 나는 무조건 내라고 강압적으로 권했다.

사실 문학평론가인 그의 눈높이에서 작품을 보면 많이 모자라고 부족해보일 것이다. 그것은 소위 시인이라는 나도 그렇다. 힘들게 써보지만 매번 함량 미달의 한계를 절감한다. 그래서 젊은 시절에는 쓴 것들을 찢어버리거나 불태우기도 했다. 하지만 나이가 들면서 가끔은 후회도 했다. '모자라고 부족하더라도 한때 내 생각의 흔적과 감정의 색

감이 깃든 것들인데', '못났더라도 내게서 태어난 자식과 같은 존재인데 홀대하고 무시했구나' 반성하면서 말이다. 그리고 버려진 원고 중 몇 편은 지금의 작품보다 오히려 수작일 수도 있다는 생각도 한 적이 있다.

송재일 교수는 개인적으로는 선배이자, 마치 친구 같은 형이다. 그와 나는 서로 비슷한 길을 걸어왔다. 최원규 시인, 오세영 시인에게 시를 배웠고, 최원규 은사님 휘하의 제자로 석사, 박사 과정을 같이 했다. 우리는 또한 대학원 재학 시절 국문과 사무실에서 함께 국립대 조교로 일했었다. 조교 생활, 힘들고 지치던 강사 생활을 하면서 같이 술도 마시고 운동도 했다.

송재일 선배는 이후 공주대학교에서, 나는 안성의 모 대학에서 교수 생활을 시작했고 송 선배는 이제 정년을 몇 달, 나는 몇 년을 남겨놓고 있다. 우리는 젊은 시절부터 서로 어울린 추억이 참 많기도 하다. 취미와 성향도 비슷했다. 술과 낚시와 테니스를 좋아했던 것도 그렇고 나이가 들어 머리칼이 듬성듬성해진 것까지 그러하다. 그러나 수십 년이 지난 지금에 다시금 돌이켜보니 송 선배는 나와 다른 점도 많다.

문약한 나와는 달리 그는 문무文武를 겸비한 인물이다. 훤칠한 신장, 근육질의 몸매… 그는 타고난 운동 능력으로 체육대회 때마다 달리기 등에서 두각을 나타냈다. 아직도 나는 그가 배구 경기를 하던 모습, 테니스 대회 때의 모습을 기억한다. 최근에는 골프 실력이 준프로에 가깝다는 말도 들어서 알고 있다.

학창 시절 그는, 남아프리카의 인종차별정책에 항거하다 갇힌 두 죄수의 이야기를 통해 부조리한 현실 속에서 자유의 의미를 말해주는 연극 〈아일랜드〉에 출연하기도 했다. 그의 시 「마른 손」의 시적 대상이기도 한 타계한 김용관 선배와 함께 무대에서 절규에 가까운 목소리로 열연하기도 했다. 그 후 극단에서 30여 년간 연극연출가로 활동하였고, 배우로 모노드라마를 여러 나라에서 공연하기도 했다. 사십대 이후 내가 잔병치레를 하느라 두문불출할 때, 그는 방학이 되면 오스트레일리아, 우즈베키스탄, 미얀마, 캄보디아, 유럽과 미국 등 세계 수십여 나라 이곳저곳을 여행하기도 했다. 그의 이런 열정과 활동력은 타고난 건강을 바탕으로 하기에 나는 늘 부러웠다.

송재일 교수는 정식으로 등단한 시인은 아니다. 그러나 돌이켜보면 학창 시절의 그는 시를 쓰기도 했었다. 내가 기억하기로는 대학신문 문학상 공모에 시 「태평동의 끝」으로 입상한 적도 있다. 그리고 가끔 대학신문에 시를 발표한 적도 있다. 시인이기도 한 최원규 교수님, 오세영 교수님, 신용협 교수님 아래에서 시를 배우면서 매사 열정적인 그가 시를 쓴 것은 어쩌면 자연스러운 발로일 것이다. 그런데 그는 시창작의 길보다는 문학평론과 연극 쪽으로 발길을 돌렸다. 활동적인 그의 스타일에는 오히려 연극이 더 어울린다고 나는 여겨왔다.

더욱이 학창 시절 모교의 1970년대 학번에는 손종호 시인, 김백겸 시인, 양애경 시인 등이 이미 이름난 문사로 떡하니 자리잡고 있었고 손종호 시인, 양애경 시인 그리고 나와 송재일 교수는 같은 지도교수를 모시는 입장이었다. 그 이유에서일까? 그는 수십 년 동안 나에게 자신이 쓴 시를 한 편도 보여주지 않았다. 일부러 숨긴 것은 아니겠지만, 어쨌든 간헐적이라도 몰래 시를 써오면서 말이다.

송재일 교수에게 이번 시집 발간은 나름대로 의미 있는 작업이고 가치 있는 일이라고 나는 생각한다. 수십 년 동안 하나둘 써온 작품을 발표하는 것은 송 교수 개인에게는 그 동안 스스로 품고 있던 자신의 작품에 대한 애증愛憎으로부터 해방되는 일이다. 어쩌면 마음 한구석에 홀대받던 자신의 시에 대한 연민으로부터도 벗어나는 것이다.

송 교수에게 이번 시집은 마치 자신의 알몸을 보여주는 듯한, 부끄러움과 송구함이 함께할 수 있을지도 모른다. 그러나 나는 다른 각도에서 바라본다. 세련된 시적 기교와 언어로 꾸미지 않은 민낯을, 시적 분위기의 코르셋으로 치장하지 않은 굴곡진 몸을 보여주더라도 그것이 송 교수 자신의 삶에서 비롯된 목소리이고 자기 생각과 감정에서 성실하게 우러난 것이면 충분한 존재가치가 있는 것으로 생각한다.

2

이번 시집에서 자서自序를 대신하고 있는 서시序詩「한 모금 사랑으로」를 보면 송재일 교수가 자신의 시를 어떻게 바라보고 있는가를 알 수 있다.

강 안개 스멀대는 초당에서
가슴 구석방에 묻어둔 외로움
문살에 걸린 단소 가락으로
한 조각씩 뜯어내어 시를 쓴다.

홍수가 지난 자리에서
구역질나는 삶의 부스러기
허리 꺾인 들꽃 일으키는 아픔으로
강물에 토해내 시를 쓴다.

황토 벽 기웃한 막걸리집에서
항아리에 띄운 언어의 파편들
대낮에 세상 꿈꾸는 분노의 소리로
분청사기 잔에 부어 시를 쓴다.

허나, 나의 시는 오늘도
뒤를 돌아보는 세월의 언저리에서
한 모금 사랑으로
뻐근한 통증을 고이고 있다.

—「한 모금 사랑으로」 전문

위의 시 속에는 송재일 시의 전체적인 면모를 알 수 있는 몇 개의 시어가 자리한다. 그것은 시창작의 모티브일 수도 있고, 시 전반을 관류하는 시세계에 대한 발언일 수도 있다. 1연의 '외로움', 2연의 '아픔', 3연의 '분노' 4연의 '사랑'이란 시어에 일단 주목해보자.

"가슴 구석방에 묻어둔 외로움/ 문살에 걸린 단소 가락으로/ 한 조각씩 뜯어내어 시를 쓴다"란 구절은 그의 시의 탄생의 근원에 대한 지적이다. 소설가 기욤 뮈소는 그의 소설 『종이 여자』에서 시인 옥타비오 파스의 다음과 같은 말을 인용하고 있다. "인간 존재의 가장 밑바탕에는 고독이 있다. 인간은 외로움을 느끼고 동류를 찾는 유일한 생명체다." 그렇다 기욤 뮈소처럼 나 또한 옥타비오 파스의 말에 동의한다. 인간의 근원적인 고독에서 기인하는 외로움, 우리는 외롭기 때문에 나 아닌 누구를 그리워한다. 외로움은 그리움과 동경을 낳고 욕망하게 만든다. 내가 아닌 누구를 내가 사는 세계가 아닌 또 다른 세계를 우리가 그리워하거나 욕망하는 순간, 시가 발화하기 시작한다.

2연의 "구역질나는 삶의 부스러기/ 허리 꺾인 들꽃 일으키는 아픔으로/ 강물에 토해내 시를 쓴다"는 구절은 무엇을 의미하는가? 첨단 기술과 매체의 발달에 의해 도래된 지식산업사회, 후기자본주의시대의 거대한 흐름은 초연결성과 지능화 등에 더욱 거세어질 것이다. 나날이 신속해지고 정교해지는 오늘날의 사회는 그러나 발터 벤야민의 지적처럼 진보라고 부를 수 없다. 신이 사라진 자리에 자본이 자리하고, 인간 존재가 기계화되고 도구화되는 비인간적 세태는 결과적으로 모든 인간에게 불행이고 고난이다. 개개인의 의지나 소망과는 무관하게 진행되는 경쟁 속에서 스스로가 스스로를 착취하는 사회구조는 우리가 거역할 수 없는 홍수처럼 범람하고 있으며 그 속에서 '우리' 혹은 '나'란 인간 존재는 강변의 들꽃처럼 나약할 수밖에 없다. 그렇기에 '구역질나는 삶'이다. 그럼에도 그 삶을 거부하거나 포기할 수 없다는 것이 우리 시대의 모순이며 비극이다. 시적 화자는 그 '구역질나는 삶의 부스러기'를 강물에 토해낸다. 이는 일종의 자기 정화의 행위이며 속죄의 의례다. 즉 그가 시를 쓰는 행위는 자기 정화이며 더 나아가 현실적인 죄악으로부터 자기 구원이란 의미도 암시하고 있다.

　　3연에서 우리가 주목할 시어는 '분노'다. 그런데 그 앞의 구절을 주목해보자. "대낮에 세상 꿈꾸는"이란 수식이 분노 앞에 자리한다. 훤한 대낮임에도 세상을 꿈꾸는 행위는 무엇인가. 여기서 세상은 우리 시대의 현실을 지시하지 않는다. 오히려 오늘의 현실과 삶에는 존재하지 않는 또 다른 세계를 암시한다. 그렇기에 그의 분노와 질타는 오늘날의 시대적 현실로 향한다. 그는 이 땅에는 존재하지 않는 또 다른 세상을 그리워하며 꿈꾼다. 시적 이상향으로 희구하는 세상은 그가 발 딛고 있는 시대적 현실과는 너무나 다른 세계이다. 술에 취해서라도 닿아가고자 하는 세상, 그가 그리워하는 세계는 과연 어떤 곳인가? 이는 송재일 시 전체를 고구하면 더 분명해질 것이다.

4연에서 그는 "나의 시는 오늘도/ 뒤를 돌아보는 세월의 언저리에서/ 한 모금 사랑으로/ 뻐근한 통증을 고이고 있다"라고 발언한다. 이는 자신의 삶에 대한 성찰과 반성을 통해 깨우치는 '사랑'이 곧 시라는 인식이다. 그러나 그 사랑은 즐거움과 기쁨의 사랑이라기보다는 2연에서 보듯 '허리 꺾인 들꽃 일으키는 아픔'과 동반하는 사랑이다. 왜 아픔과 같이하는 사랑인가? 이는 어쩌면 그가 추구하는 사랑의 대상이 현실적인 삶 속에는 부재하기 때문일 것이다. 그렇기에 작금의 시대적 현실, 그의 삶 속에서 추구하는 사랑과 그리움의 감정은 다소 비극적인 모습으로 현현되는 것이다. 그럼에도 불구하고 그가 추구하는 소소하고 작은 '한 모금 사랑'은 그가 처한 고통의 현실을 버티게 해주는 원천이며 그를 일으켜 이 땅에 서게 하는 힘이다. 서시「한 모금 사랑으로」는 이처럼 자신의 시가 창조되는 비밀과 그 시가 추구하는 세계를 독자들에게 암시하는 그만의 창작론이고 시론詩論인 셈이다.

3

시집에 게재된 작품을 살펴보면 계절과 관련된 소재가 시적 모티브를 이루는 작품이 다수다. 그 다음으로 자주 등장하는 소재는 강이다. 그 스스로 30여 년을 대전과 공주를 오가며 쓴 것이라 밝힌 바 있듯이, 그리고 몇 편의 시에 드러나듯이 다수의 작품은 길 위에서 구상된 것이다. 차창 밖으로 보이는 대상 및 사물들과 교감하면서 시적 모티브가 움튼 것일 터이다. 그에게서 출퇴근의 시간은 홀로 자연과 삶에 대해 성찰하는 시간이며 그렇기에 그와 친숙하게 마주쳤던 꽃 혹은 강이 빈번하게 시적 소재가 되었을 것이다.

송재일의 시에서 계절적인 것을 소재로 하는 작품 중에도 가장 많은 것은 봄이나 가을이 아닌 겨울이다. 겨울은 주지하다시피 생명이 부재하는 춥고 메마른 시기이다. 문학적 상징으로는 죽음과 고난, 시련을 흔히 암시하고 있다.

매달렸다.

떠나는 사람에게
사랑한다고 고백하는 것이
얼마나 부질없는 일인가.

알면서도
겨울 끝에 매달려
온몸으로 절규하는
칼끝보다 더 아픈

이 그리움

—「겨울 이파리」 전문

가슴 저미어 우는 너는
안개 낀 창벽 아래로

언제 투신할지

모

르

는

운명

긴 겨울 견뎌온

사랑 부둥켜안고

바람에 온몸 맡기고 있다.

시퍼런 칼날 세운 강물에

목숨 내던질지라도

절벽에 매달렸던

한 모금 사랑

버·리·지·말·라.

—「창벽 진달래」 전문

　위 시들의 계절적 배경은 각각 겨울(「겨울 이파리」)과 봄
(「창벽 진달래」)이다. 그러나 시 「창벽 진달래」에서 시적 소
재 '진달래'는 '긴 겨울 견뎌온 사랑 부둥켜안고'의 구절에서
보듯 겨울과 전적으로 무관한 것은 아니다. 이 작품들의 공
통적인 요건 중 또 다른 하나는 한계상황에 놓여 있다는 것
이다. 「겨울 이파리」에서 시적 소재인 이파리는 "겨울 끝에
매달려/ 온몸으로 절규하는" 존재이고 「창벽 진달래」에서

는 창벽강 절벽에서 피어난 '진달래'이다. 겨울을 맞이한 이파리(잎)이든 절벽에 피어난 진달래이든 그들은 계절을 넘기지 못하고 금세 스러질 존재들이다. 존재 자체의 소망이나 의지와는 무관하게 그들은 항거할 수 없는 운명을 타고 난 것이다.

스러질 시간, 이별해야 할 시점인데도 '매달리는', '떠나는 사람에게' 부질없이 사랑을 고백하는 시적 자아가 '겨울 이파리'다. 자신으로서는 어쩔 수 없다는 것, 거부할 수 없다는 것을 알면서도 온몸으로 절규하는 것이기에 시적 화자는 '칼끝보다 더 아픈'이라고 진술한다. 헤어지기를 거부하고 매달리지만 결국 이별할 수밖에 없기에 칼끝보다 더 아프고 그립다는 것이다.

겨울날 아직 져버리지 않고 남아 있는 마른 잎에서 촉발된 시적 인식은 이별해야 하는 상황임에도 이 외부적인 정황을 그대로 체념하면서 받아들이지 못하는 시적 자아의 주관적 갈등을 보여준다. 만해의 「님의 침묵」"아아 님은 갔지마는 나는 님을 보내지 아니하였습니다"에서의 역설이나 소월의 「먼 후일」에서 "오늘도 어제도 아니 잊고/ 먼 훗날 그때에 잊었노라"와 같은 아이러니에서 볼 수 있듯 이처럼 분열된 시적 자아의 모습은 일종의 딜레마적 상황이다. 보내야 하지만 보낼 수 없는, 이별해야 하지만 이별할 수 없는 이러한 극한상황에서 욕망은 극대화된다. 이루어질 수 없기에 '칼끝보다 더 아픈' '그리움'인 것이다.

「창벽 진달래」의 시적 구도는 앞서 거론한 「겨울 이파리」

와 유사하다. 시적 소재와 분위기는 다르지만, 이 두 작품은 한계적 상황에 처한 사물을 통해 갈등하는 시적 자아를 보여준다는 점에서 마치 쌍둥이처럼 유사하다. 참고로 소개하면, '창벽'은 공주시 반포면 마암리에 있는데 이곳은 '일찍이 조선의 문장가 서거정이 그의 시에서 중국에는 적벽이 있고 조선에는 창벽이 있다고 칭찬한 아름다운 금강 강가의 층암절벽이다'. (공주시『향토문화백과』참조) '청벽'이라고도 불리는 이곳은 필자도 몇 번 지나치면서 본 적이 있는데, 봄이 되면 절벽에 피어나는 진달래가 금강의 푸른 물결과 어울려 장관을 이룬다고 한다.

30여 년을 대전에서 공주로 출퇴근하면서 그는 봄이 되면 창벽의 진달래를 눈여겨보았을 것이다. 그러나 그가 주목한 것은 긴 겨울을 견디고 나서 절벽에 매달려 핀, '언제 투신할지 모르는 운명'의 존재인 진달래이다. 아마 대다수의 경우는 겨울을 이겨내고 꽃을 피운 진달래의 아름다움이나, 생명에 대한 경이로움, 강물과 조화를 이룬 정경 등에 주목할는지 모른다. 그러나 이 시는 진달래꽃 자체의 아름다움이나 창벽의 진달래와 자연적 경관에 대한 서정은 드러나지 않으며 '진달래'라는 시적 대상이 지니고 있는 비극적인 운명과 상황에 주목할 뿐이다. 아울러 시적 화자의 의지적인 발언인 "시퍼런 칼날 세운 강물에/ 목숨 내던질지라도/ 절벽에 매달렸던/ 한 모금 사랑/ 버·리·지·말·라"는 구절로 맺음한다. 특히 '버리지 말라'는 의미는 중간점에 의한 청각적 또는 시각적 효과로 강조되고 있음에 주목해볼 일이다.

떠나야 할 시점임에도 매달리는 '겨울 이파리'와 시퍼렇게 칼날 세운 강물에 투신해야 하는 '창벽 진달래'가 보여주는 극한상황에 처한 존재에 대한 시적 인식은 그의 다른 작품에서도 시적 변용이 되어 자리한다. '금 간 시멘트 블록 틈에 끼인 민들레꽃'(「민들레꽃」), '밤새 내린 눈덩이 속에서 터질 듯 붉게 피어난 장미'(「겨울 장미」), '녹슨 철망 사이에 끼어 환히 웃고 있는 고갯길의' '구절초'까지 그의 시에 등장하는 자연의 생명체들은 존재 자체로 자족하거나 조화로운 모습이 아니라, 극한의 위기에 처하거나 폐쇄된 공간에 위태롭게 자리하고 있다. 이와 같은 극한상황 속에서의 시적 대상들은 저자의 심리적 상태와 의식의 일면을 보여주는 일종의 객관적 상관물로서 세계와 자아와의 관계양상을 드러내고 있다.

카알 야스퍼스는 『비극론』에서 한계상황Grenzsituation을 이야기한다. 이것은 인간 존재로서는 어쩔 수 없는 일종의 '막다른 골목'과 같은 상황이다. 그는 한계상황에는 죽음 외에도 싸움, 고뇌, 죄책 등이 있다고 했다. 그런데 한계상황은 대체로 인간으로 하여금 이럴 수도 저럴 수도 없는 배리背理에 부딪히게 한다고 말한다. 이러한 배리 속에서 인간은 괴롭고 고뇌를 느낀다. 그런데 야스퍼스는 이러한 고뇌는 깊으면 깊을수록 어떤 의미에 있어서 초월자(신)를 암시하고 있다고 말한다. 그리하여 우리는 한계상황에 부딪혀서, 배리 혹은 부조리나 고뇌를 통해서 진정한 자기 즉 실존을 뚜렷이 자각한다는 것이다. 그리고 이러한 자각과 암시를 통해 절대자로 초월할 수 있는 기반을 얻는다고 한다.

송재일 시에서 부조리한 현실 속에서의 자기 발견과 실존에 대한 시적 인식은 앞서 거론한 극한상황에 처한 연약한 자연물(이파리, 진달래, 겨울 장미, 민들레, 구절초 등)을 통해 드러나지만, 몇몇 작품에서는 직설적으로 진술되기도 한다. '가는 길이 어딘 줄도 모르고 날마다 열심히 치닫고 있다.'(「출근길」), '달리고 달리는 끝없는 욕망, 수십 년을 앞만 보고 달렸다'(「질주」)에서 보듯 어쩔 수 없는 부조리한 현실 속에서 비극적인 자기인식으로 닿아가는 것이다. 그리하여 시 「물고기 여행」에서처럼 바다를 그리워하며 떠나지만 결국은 바다에 닿지 못하고 '강 언덕 들꽃과 속삭일 힘도 잃은 채 폐는 조금씩 조금씩 삭아가는' '물고기'와 자기 동일화되는 한계상황의 모습도 보여주는 것이다.

4

송재일의 시집 『한 모금 사랑』에 수록된 작품을 주제적인 면에서 살펴보면 다양하다는 점을 알 수 있다. 유년의 고향에 대한 향수(「물빛 고향」, 「나의 살던 고향은」), 가족에 대한 사랑과 연민(「바닷가에서」, 「오월의 노래」, 「먼 풍경」, 「와인 한 잔」), 시대·정치적 현실에 대한 분노 및 비판(「그날」, 「잘코뱅신」, 「활자들의 UFC판」), 기독교적 세계관에 입각한 참회와 구원(「고백의 시간」, 「겨울 새」) 그리고 세속화되고

타락한 신앙에 대한 비판(「사랑의 종소리」,「임마누엘」)에 이르기까지 구분하여 이해할 수 있다. 특히 「그해 오월」과 같은 작품은 1980년 5·18광주민주화운동 시기에 그가 항쟁 대열의 선두에 섰다가 겪은 고초를 일기 형식으로 밝히고 있다.

다양한 주제적인 성향을 보이는 그의 시 세계 중에서 한계상황 속에서 실존에 대한 시적 인식과 함께 우리가 주목해볼 것은 '사랑'이다. '사랑'은 그의 시 거의 전 작품에 관류하고 있는 가장 중요한 시어이자, 그의 실제 삶을 아우르고 있는 실체로 여겨진다. 그것은 그가 한계상황 속에서 결코 놓지 않았던 구원의 동아줄이면서(「창벽 진달래」) "이젠, 빈 터를 채우자./ 떠나보낸 뒤 비로소 얻은/ 사랑으로"(「빈 터」)에서 보듯 앞으로 전개될 여생에서 그가 추구하고자 하는 세계이기도 하다.

　　타오르자.
　　힘없이 뚝뚝 떨어지는
　　여윈 몰골 생각하지 말자.
　　꺼지지 말고
　　깊디깊은 겨울까지
　　　　　　　　　　　　　　　　　　—「도덕봉」 일부

　　아파도 지금이다.
　　떠난 뒤 남지 않는다.

언 가슴에서도
불태우고 싶은
사랑

—「겨울 장미」일부

조금씩
조금씩
뼈를 갈아낸다.

당신의
핏빛 사랑을 위해

—「숫돌」전문

　시 「도덕봉」에서 시적 화자는 '꺼지지 말고 깊디깊은 겨
울까지' '온통 사랑으로 타오르자'고 발언한다. 이 구절에서
우리는 그가 처한 한계적 상황에서 꿈꾸는 것은 '사랑'임을
알 수 있다. 이럴 수도 저럴 수도 없는 딜레마적인 현실 속
에서 그가 추구하고 희구한 것이 사랑이라는 것이다.
　「도덕봉」의 "힘없이 뚝뚝 떨어지는/ 여윈 몰골 생각하지
말자"와 같은 구절은 「겨울 장미」에서 "아파도 지금이다./
떠난 뒤 남지 않는다"는 구절과 상응하는 관계다. 시적 의
미 '사랑'을 수식하는 이러한 구절은 어떻게 해석할 수 있을
것인가? 우선 우리는 시적 화자의 발언이 청유형이면서도
의지적이라는 점에 주목해보자. 이와 같은 시적 언술의 내

포적인 수신자는 시적 자아 즉 시인 자신이다. 결국 이 구절이 의미하는 것은 '사랑'에 대한 각오이고 다짐인 셈이다. 이러한 사랑에 대한 시적 화자의 의지적인 자세와 발언은 시 「숫돌」에서도 확인된다. 뼈를 갈아내는 아픔과 고통이 따를지라도 주저하지 않겠다는 단호한 모습을 이 시에서도 견지하는 것이다.

사실, '사랑'이란 말은 사전적인 의미를 떠나 그 개념의 범주가 너무도 넓고 깊다. 필자는 '사랑'에 대해 설명할 자신이 없다. '사랑'이란 말이 지닌 진정한 의미를 아직 깨닫지 못했기 때문이다. 추상적인 단어 '사랑'은 언어가 지닌 한계성을 절감하게 하는 말이다. 송재일의 시에서 만나게 되는 '사랑'이란 시어 역시 다층적인 의미를 지니고 있다. 다른 존재를 애틋하게 그리워하는 감정이나 기독교적 신앙에서 비롯된 개념쯤으로 해석하면 그 범주를 너무 좁게 잡은 것이거나 혹은 오류를 범할 것으로 여겨진다. 그러면 한계상황 속에서도 끝까지 놓지 않는 '사랑', 아픔과 고통을 동반하더라도 결코 포기할 수 없는 '사랑'이 의미하는 것은 무엇인가?

시인 송재일에게서 아마 사랑은 삶과 동의어일 것이다. 사랑을 놓아버리는 것은 삶을 포기하는 것과 같다고 여기는 것이다. 그리하여 어떤 극한적인 상황, 가혹하고 처절한 한계상황 속에서도 "한 모금 사랑/ 버·리·지·말·라"고 노래하는 것이다. '사랑'은 결국 비극적인 한계상황에서 초월하여 절대자의 세계, 그가 희구하는 이상향 세계로 닿아갈 수 있는 구원의 동아줄이며 그의 남은 생을 통해 걸어가고자 하는 그만의 길이다.

'사랑'이 아픔(「겨울 장미」)과 통증(「빈 터」)이고 그 결과가 초라하고 허무한 것일지라도 이를 선택하는 것에 주저하지 않겠다는 의지적 자세는 시 「어쩌다 보니」로 이어진다. 시 「어쩌다 보니」는 "어쩌다 보니 이제 가르치는 일에서 손 놓을 때가 되었으며, 돌아보니 빈손만 남은 세월"과 같은 구절에서 보듯 자신의 삶에 대한 반성적 성찰이 담겨 있다. 돌이켜보니 친구들도 하나 둘 떠나갔고 그가 추구하던 욕망도 부질없어 빈손만 남았다는 것이다. 그리하여 '남은 세월만이라도 흘러가는 강물에 그냥 띄워보자. 부릅뜨던 눈 이제 살짝 감아보자. 웬만하면 다 버리자. 사랑만 남기고'라고 스스로 다짐한다.

5

이제 약 40년을 가까이서 같이했던 후배의 주관적인 입장에서 몇 가지 이야기를 하면서 이 글을 맺음한다. 그리고 '무조건 시집으로 내라!'고 권유했던 근거도 밝히고자 한다.

나는 이 시집이 발간 이후, 베스트셀러가 되어 자본투자에 대한 잉여가치를 산출할 것으로, 선배가 이 시집을 발간함으로써 유수의 시인으로 우뚝 설 것으로 생각지는 않는다. 물론 가능성이 전혀 없다고 단정 지을 수는 없지만……이것은 송재일 선배도 잘 알고 있으며 그러한 욕망이 있어서 시집 발간을 의도한 것도 아님을 나도 알고 있다.

시집이 발간되면 송 선배는 이 시집을 무상으로 가족과 친지, 선후배, 대학의 동료, 제자, 문학 모임의 회원들에게 선물할 것이다. 어떠한 금전적, 교환적 보상을 기대하지 않는 그렇기에 순수한 선물로…… 그렇다면 이것은, 프랑스 사회학자 보드리야르의 관점으로 보면 효용의 가치, 도구의 가치, 기호의 가치를 벗어나 증여의 논리에 입각한 상징의 가치만이 남게 되는 것이다.

신뢰하는 사람들에게, 사랑하는 사람에게 어떠한 대가나 보상도 요구하지 않는 순수한 형태의 선물로 이 시집이 세상에 존재한다면 그것은 송재일 선배가 그토록 싫어하는, 화폐와 상품의 논리가 지배하는 오늘날 산업자본주의의 덫에서 벗어나는 일이다. 이는 화폐와 교환, 효용과 도구의 관계가 지배하는 오늘날 자본 논리의 사회구조와 세태에서 벗어나 사물과 세계의 총체적인 진실을 탐구하는 인문학도로서의 의무를 실천하는 것으로 비약해서 말할 수 있을 것이다.

또한 이 시집은 송재일 선배의 지금까지의 삶을 담고 있는 일종의 사진첩이다. 송 선배가 그 동안 걸어온 여정 속에서의 외로움, 그리움, 아픔, 분노가 스며 있는 사진들, 그가 꿈꾸었던 풍경과 세계에 대한 사진들이 담겨 있는 것이다. 그 사진이 흑백이든, 좀 바래었든 아니면 투박하든 그것들은 송 선배 자신은 물론 가족들, 친지들, 동료들에게는 의미와 가치가 있는 상징물이고 선물이다.

끝으로 필자는 다음과 같은 시 구절을 소개하며 개인적인 소망을 덧붙이고자 한다.

꿈처럼 지나는 세월,
도대체, 살아간다는 것이 무엇이기에
뒤도 돌아보지 못한 채
바동거리며 무엇을 찾으려 했던가.

그 긴 세월,
한 뼘 반도 안 되는
통나무 나이테에 갇혀
갈 곳을 잃고 얼마나 뱅뱅 돌았던가.

내일은,
어둠 자락에 접었던 날개 활짝 펴고
오랜 세월 갇혔던 나이테를 벗어나보자.

—「물새가 되어」 일부

"도대체, 살아간다는 것이 무엇이기에/ 뒤도 돌아보지 못한 채/ 바동거리며 무엇을 찾으려 했던가." 그래! 송 선배의 이러한 탄식에 나도 동감한다. 그리고 그동안 얼마나 힘들었는지도 짐작이 간다. 대종손으로서, 가장으로서, 스승으로서의 온갖 의무와 책임 그리고 대학 보직에의 업무 등은 당신을 뒤돌아보지도 못하게 만들었고 '갈 곳을 잃고 뱅뱅 일상의 틀 속에서 맴돌게' 하였을 것이다. 그러나 "내일은,/ 어둠 자락에 접었던 날개 활짝 펴고/ 오랜 세월 갇혔던 나이테를 벗어나보자"는 구절을 보고 다소나마 안도한다.

송재일 선배는 이제 정년퇴직을 얼마 남기지 않은 시점이다. 그래서 '내일은'이란 시어는 퇴직 후 '제2의 인생'을 곧바로 지시한다. "어둠 자락에 접었던 날개 활짝 펴고/ 오랜 세월 갇혔던 나이테를 벗어나보자"에서 그 스스로 다짐하듯, 필자는 그가 자유로워지길 소망한다. 그동안 그를 구속했던 모든 일상의 틀과 억압으로부터 벗어나 활짝 그만의 날개를 펴길 희구한다. 또한 '내일'은 '사랑해야 한다'는 의지적 당위성으로부터도 벗어나 '사랑한다'의 세계로 '절벽에 아슬하게 매달려 언젠가 소멸할 꽃'이 아닌 '봄날 지천으로 무리지어 피어난 아름다운 꽃'의 세상으로 비상하기를 진심으로 바란다.

북인시선

한 모금 사랑

지은이_ 송재일
펴낸이_ 조현석
펴낸곳_ 북인
디자인_ 푸른영토

1판 1쇄_ 2020년 07월 03일
출판등록번호_ 313 - 2004 - 000111
주소_ 121 - 842 서울 마포구 서교동 467 - 4, 301호
전화_ 02 - 323 - 7767
팩스_ 02 - 323 - 7845

ISBN 979-11-6512-007-8 03810
ⓒ 송재일, 2020

책값은 뒤표지에 있습니다.
저자와 협의 아래 인지를 생략합니다.